1 Mars 1907

Marqué PN

TAPISSERIES

De Beauvais, d'Aubusson et des Flandres

DES XVIIe ET XVIIIe SIÈCLES

ANCIENNES PORCELAINES, PENDULES

MEUBLES ET SIÈGES ANCIENS

Ameublement de salon en ancienne tapisserie d'Aubusson

TABLEAUX ANCIENS

CATALOGUE

DES NOMBREUSES

TAPISSERIES ANCIENNES

De Beauvais, d'Aubusson et des Flandres

DES XVIIe ET XVIIIe SIÈCLES

TAPISSERIE D'APRÈS BÉRAIN DU TEMPS DE LA RÉGENCE

Plusieurs suites de Tapisseries d'Aubusson

DU TEMPS DE LOUIS XV ET DE LOUIS XVI

MEUBLES ANCIENS

En marqueterie et en bois sculpté

SIÈGES

AMEUBLEMENT DE SALON

En ancienne Tapisserie d'Aubusson

ANCIENNES PORCELAINES DE SAXE ET DE SÈVRES

SCULPTURES, PENDULES, OBJETS VARIÉS

TABLEAUX ANCIENS

AQUARELLES, PASTELS, DESSINS

Dont la vente aux enchères publiques aura lieu

HOTEL DROUOT, SALLES N°s 5 & 6

Le Vendredi 1er Mars 1907

A DEUX HEURES TRÈS PRÉCISES

COMMISSAIRE-PRISEUR

Me F. LAIR-DUBREUIL, 6, rue Favart

EXPERTS

Pour les Tableaux :

M. GEORGES SORTAIS

11, rue Scribe, 11

Pour les Objets d'art :

MM. PAULME & B. LASQUIN FILS

10, rue Chauchat | 12, rue Laffitte

EXPOSITIONS

PARTICULIÈRE : *Le Mercredi 27 Février 1907, de 1 h. 1/2 à 5 h. 1/2*

PUBLIQUE : *Le Jeudi 28 Février 1907, de 1 h. 1/2 à 5 h. 1/2*

CONDITIONS DE LA VENTE

Elle sera faite au comptant.

Les acquéreurs paieront **dix pour cent** en sus des enchères.

L'exposition mettant le public à même de se rendre compte des objets, il ne sera admis aucune réclamation une fois l'adjudication prononcée.

Paris. Imp. Georges Petit. — 17472-07.

DÉSIGNATION

Tableaux Anciens

BEAUBRUN (Attribué à)

1 — *Portrait présumé de Mme de Montespan.*

Cadre en bois sculpté et doré.

Toile. Haut., 1 m. 30; larg., 1 mètre.

DAVID (École de)

2 — *Portrait de femme en costume rouge décolleté.*

Toile. Haut., 60 cent.; larg., 50 cent.

DEVERIA (Genre de)

3 — *Portrait de femme.*

Cuivre. Haut., 26 cent.; larg., 22 cent.

DROUAIS (École de H.)

4 — *Portrait présumé de Mme du Barry, en costume de Diane.*

Cadre en bois sculpté et doré.

Cuivre. Haut., [illegible] cent.; diam., 38 cent.

ÉCOLE FRANÇAISE (XVIe siècle)

5 — *Portrait présumé de Mme de Chamcallon.*

Panneau. Haut., [illegible] cent.; larg., [illegible] cent.

ÉCOLE FRANÇAISE (XVIIe siècle)

6 — *Portrait présumé de Mme de la Vallière.*

Toile. Haut., 1 mètre; larg., 80 cent.

ÉCOLE FRANÇAISE (XVIIIe siècle)

7 — *Portrait présumé de Louise-Adélaïde d'Orléans, Mademoiselle de Chartres, Abbesse de Chelles.*

Toile. Haut., [illegible] cent.; larg., [illegible] cent.

ÉCOLE FRANÇAISE (XVIIIe siècle)

8 — *Portrait de femme en Flore, dans un paysage.*

Toile. Haut., 1 m. [illegible]; larg., 90 cent.

ÉCOLE FRANÇAISE (XVIIIe siècle)

9 — *Baigneuse.*

Dessus de porte.

Toile. Haut., 45 cent.; larg., 80 cent.

ÉCOLE LYONNAISE (XVIe siècle)

10 — *Portrait d'homme.*

Panneau. Haut., [illegible] cent.; larg., 38 cent.

ÉCOLE VÉNITIENNE (fin du XVIe siècle)

11 — *Madone et Enfant Jésus.*

Toile. Haut., 90 cent., larg., 68 cent.

LARGILLIERRE (Nicolas de)

12 — *Portrait d'un Conseiller au Parlement.*

Première période du maître.

Cadre Louis XIV en bois sculpté et doré.

Toile. Haut., 81 cent., larg., 65 cent.

LARGILLIERRE (D'après N. de)

13 — *Portrait de dame en Diane chasseresse.*

Copie moderne.

Haut., 1 m. 55; larg., 1 m. 05.

MALLET (École de)

14 — *La Sortie du bain.*

MEMLING (École de)

15 — *Nativité.*

Peinture sur bois à fronton contourné.

Intéressante peinture ayant souffert.

Haut., 45 cent.; larg., 37 cent.

MIGNARD

16 — *Portrait d'Anne d'Autriche, Reine de France et de Navarre.*

Elle est assise, presque de profil à droite, les mains jointes posées sur les genoux, vêtue d'un costume bleu et marron, sa chevelure blonde retombant dans le cou.

Cadre Louis XIV en bois sculpté.

Toile. Haut., [illegible] cent.; larg., 51 cent.

NATTIER (D'après)

17 — *Portrait de femme en Flore.*

Copie moderne.

Haut., 1 m.; larg., 82 cent.

OPIE (Attribué à)

18 — *Portrait de la marquise de Boufflers.*

Cadre en bois sculpté et doré.

Toile. Haut., 72 cent.; larg., 60 cent.

POMMAYRAC (F. de)

19 — *Portrait de l'Impératrice Eugénie.*

Signé en bas, à droite.

Toile. Haut., 73 cent.; larg., 60 cent.

VALLIN (Attribué à)

20 — *Bacchante.*

Haut., 90 cent.; larg., 72 cent.

SANTERRE (D'après)

21 — *Suzanne au bain.*

Copie moderne.

WILLE (Attribué à P.-A.)

22 — *Portrait de femme en costume de satin blanc.*

Toile ovale. Haut., 60 cent.; larg., 50 cent.

Aquarelles, Pastels

DESSINS

BOUCHER (École de)

23 — *Figure de femme.*

Dessin rehaussé de blanc.

Haut., [illegible] cent.; larg., 32 cent.

CORMON (D'après)

24 — *Femme à la perruche.*

Aquarelle.

Haut., 20 cent.; larg., 23 cent.

DELARUE (Attribué à)

25 — *Le Bûcher de l'adultère.*

Dessin à l'encre de Chine.

Haut., 18 cent.; larg., 24 cent.

ÉCOLE FRANÇAISE

26 — *Portrait de femme en Diane.*

Pastel.

Cadre ovale en bois sculpté et doré.

Haut., 48 cent.; larg., 35 cent.

ÉCOLE FRANÇAISE

27 — *Portrait de Marie-Antoinette.*

Pastel.

Copie moderne.

Haut., 65 cent ; larg., 72 cent.

ÉCOLE FRANÇAISE MODERNE

28 — *Femme couchée.*

Pastel.

Haut., 45 cent.; larg., 37 cent.

ÉCOLE FRANÇAISE (XIXe siècle)

29 — *Portrait de femme, vue de profil.*

Sépia de forme ovale.

Haut., 19 cent.; larg., 15 cent.

FLEURY (F.)

30 — *Portrait de femme en costume de bal.*

Pastel.

Signé en bas, à gauche.

Haut., 65 cent.; larg., 55 cent.

HESSE

31 — *Portrait de jeune femme.*

Sépia.

Signé à droite et daté : *1811.*

MOREAU (École de Louis)

32 — *Les Cent marches.*

Intérieur d'un parc.

Dessin rehaussé d'aquarelle.

Haut., 14 cent., larg., 19 cent.

VANLOO (École de Carle)

33 — *Portrait de femme en costume de cour.*

Pastel de forme ovale.

Haut., 45 cent ; larg., 37 cent.

VIGÉE-LEBRUN (D'après Mme)

34 — *Portrait de Marie-Antoinette.*

Pastel.

Copie moderne.

Haut., 90 cent. ; larg., 78 cent.

ANCIENNES PORCELAINES

de Saxe, de Sèvres et autres.

Biscuits.

35 — Petit buste en ancien biscuit : Vestale sur socle en bois sculpté et doré. Époque Louis XVI.

36 — Groupe en biscuit : Vénus et l'Amour.

37 — Statuette en ancien biscuit : Vestale.

38 — Petit cachepot à deux anses en ancienne porcelaine allemande ?. Décor en couleurs : bouquets détachés et fleurettes marqué en bleu, d'un lion debout.

39 — Paire de rafraîchissoirs munis de double-fonds, en ancienne porcelaine de Saxe-Marcolini : décor en couleurs : bouquets de fleurs.

40 — Veilleuse munie de sa petite coupe, en ancienne porcelaine de Saxe ; décor en couleurs : branchages fleuris en relief.

41 — Présentoir ou compotier de forme octogonale, en ancienne porcelaine de Saxe, à pâte gaufrée simulant la vannerie : décor en couleurs : quatre médaillons lobés avec bouquets de fleurs. Marque *AR*.

42 — Flacon à thé couvert, de forme lobée, à pâte gaufrée, en ancienne porcelaine de Saxe, décorée en couleurs : personnages de la Comédie Italienne dans des paysages, bouquets et fleurettes.

43 — Bourdaloue en ancienne porcelaine de Saxe entièrement recouvert de fleurettes en relief ; anse formée de branchage agrémentée d'un oiseau ; décor en couleurs.

44 — Bourdaloue en ancienne porcelaine de Saxe, à pâte gaufrée simulant la vannerie ; l'anse formée de branchages supportant un oiseau et s'étalant en reliefs fleuris sur les deux faces ; décor en couleurs.

45 — Deux petites statuettes : Arlequin et Arlequine. Ancienne porcelaine de Saxe décorée en couleurs.

46 — Statuette figurant Mars. Ancienne porcelaine de Saxe, décorée en couleurs.

47 — Poêlon couvert en ancienne porcelaine de Saxe, à pâte gaufrée simulant la vannerie, décor en couleurs : bouquets et fleurettes. Sur le couvercle, relief de branchages fleuris décorés au naturel.

48 — Flambeau à deux branches formé d'un groupe de deux figures, en ancienne porcelaine de Saxe, décorée en couleurs : *les Dénicheurs*.

49 — Tasse droite et sa soucoupe, ancienne porcelaine tendre de Sèvres ; décor à fleurettes détachées et deux bandes avec feston de fleurs en couleurs sur fond piqué. Année 1779. Décor par Buteux ; dorure par Théodore.

50 — Théière en ancienne porcelaine tendre de Sèvres ; décorée sur chaque face d'un paysage avec enfant jardinier, en couleurs, d'après Boucher. Année 1757.

51 Confiturier composé d'un plateau ovale et de deux pots obconiques couverts et mobiles, en ancienne porcelaine tendre de Sèvres ; décor en couleurs de bouquets détachés, filet bleu et bordure dorée. Année 1767. Décor par Niquet.

52 Tasse et sa soucoupe, de forme lobée, en ancienne porcelaine tendre de Vincennes, décor en couleurs de bouquets de fleurs et insectes.

53 Drageoir avec couvercle ouvrant à charnière, en ancienne porcelaine tendre de Mennecy, formé d'une figurine de Chinois accroupi ; décor en couleurs.

SCULPTURES, TRUMEAUX

Argenterie, Objets variés.

54 — Aiguière ancienne et bassin en argent, de forme mouvementée ; bordure en repoussé, à moulures ornées de feuillages et rocailles, rinceaux avec fleurs en gravure.

55 — Buste de femme. Marbre blanc du commencement du XVIIIe siècle. Socle en marbre jaune.

Haut., 60 cent.

56 — Statuette en terre cuite. Bergère Louis XV, tenant des fleurs dans son tablier.

Haut., 78 cent.

57 — Mappemonde et son support-trépied en bois peint ; décor à réserves, avec personnages dans des paysages et fleurettes ; rehauts de dorure. Époque Louis XV.

58 — Glace-trumeau en bois sculpté peint et doré ; dans le haut, peinture décorative : baigneuses, dans le goût de Boucher.

59 — Glace-trumeau en bois sculpté peint et en partie doré. Sur le dessus, peinture en médaillon ovale : portrait de femme, dans le goût de la Régence.

60 — Glace-trumeau en bois sculpté et doré, à motifs de rocailles et feuillages, sur fond peint et décor en dorure. Époque Louis XV.

61 — Glace-trumeau en bois sculpté peint et doré, à encadrement de rinceaux à rocailles et feuillages. A la partie supérieure, peinture décorative dans le goût de Lancret : sujet galant. Époque Louis XV.

62 — Glace-trumeau en bois sculpté doré, avec encadrement cintré à la partie supérieure, baguette enrubannée et motif à rocailles et feuillages. Époque de la Régence.

PENDULES ANCIENNES

63 — Pendule-cartel d'applique, avec son socle-support en forme de cul-de-lampe : bois peint au vernis, décoré de fleurs en couleurs ; elle est ornée de bronzes ciselés : rocailles, oiseau et fleurs. Époque Louis XV.

64 — Pendule en marbre blanc et bronze doré, en forme d'édicule, avec motifs de frises, d'entrelacs et ornements divers : pommes de pin, etc. Cadran marqué : *Gavelle l'Aîné*. Époque Louis XVI.

65 — Pendule en bronze doré. Le mouvement, dominé par une figure de Bacchante, est porté par deux enfants sur des béliers. Socle en marbre blanc, orné d'appliques en bronze doré. Cadran de Guydamour, à Paris. Époque Louis XVI.

66 — Pendule en ancien biscuit blanc et bleu, surmontée d'une figurine de bergère et mouton auprès d'une source. Elle est ornée de bronzes ciselés et dorés. Fin du XVIIIe siècle.

SIÈGES ANCIENS

Écran, Fauteuils en tapisserie
Ameublement de salon

67 — Chaise en bois finement sculpté et ciré, à motifs de feuillages, cartouche, rocailles, etc. Elle est recouverte d'ancien velours frappé rouge. Époque de la Régence.

68 — Fauteuil en bois sculpté, à croisillon réunissant les pieds ; il est recouvert de velours jaune. Époque Régence.

69 — Deux fauteuils Régence en bois sculpté, cannés, à croisillon.

70 — Chaise en bois sculpté, recouverte de velours jaune. Époque Louis XV.

71 — Trois chaises en bois sculpté, cannées, de modèles divers. Époque Louis XV.

72 — Grande bergère Louis XV, en bois sculpté, recouverte de velours jaune.

73 — Grand fauteuil Louis XV, en bois sculpté, recouvert de velours jaune.

74 — Deux chaises à dossier carré, en bois sculpté, portant l'estampille de *J.-B. Sene*, sur une étiquette où se lit : *Pour le service de la Reine à Cloud* (Saint-Cloud), *n° 299*. Époque Louis XVI.

75 — Écran en bois sculpté doré, avec feuille en ancienne tapisserie au point : personnages et fleurs. XVIIIe siècle.

76 — Fauteuil du temps de la Régence, en bois sculpté, recouvert au siège et au dossier d'ancienne tapisserie d'Aubusson, à compositions tirées des fables de La Fontaine, encadrées de rinceaux et festons de fleurs.

77 — Fauteuil en bois finement sculpté et doré ; il est recouvert aux siège et dossier d'ancienne tapisserie de Beauvais, offrant sur fond blanc des rinceaux, vase fleuri et guirlandes. Époque Louis XVI.

78 — Ameublement de salon comprenant onze pièces : un canapé avec coussin et joues garnies, six fauteuils et quatre chaises en bois sculpté et doré, recouverts en ancienne tapisserie fine d'Aubusson du temps de Louis XVI, offrant aux sièges et dossiers, sur fond blanc, des médaillons avec animaux et paysages ; entourages de festons, chutes et cornes d'où s'échappent des fleurs.

MEUBLES ANCIENS

en bois sculpté et en bois de placage

Instruments de musique, Chaise à porteurs

79 — Meuble à deux corps, ouvrant à quatre portes et deux tiroirs à la ceinture, en bois sculpté ; mascarons, arabesques et feuilles de palmier, XVIe siècle.

80 — Meuble à deux corps, ouvrant à quatre portes, en bois sculpté ; feuillages et colonnettes sur les côtés, XVIe siècle.

81 — Meuble crédence ouvrant à deux portes, en bois sculpté. Il repose sur une console avec arcatures sur colonnes, XVIe siècle.

82 — Buffet à deux corps, en chêne finement sculpté, ouvrant à quatre portes, couronné d'une corniche cintrée. Époque Louis XIV.

83 — Commode à trois rangs de tiroirs, en marqueterie de bois, ornée de bronzes. Époque Régence.

84 — Grande console de forme contournée, à quatre pieds cambrés en bois sculpté et doré, à feuillages, rocailles et palmettes ajourées. Dessus de marbre. Époque Régence.

85 — Petit secrétaire ouvrant à abattant et deux portes, en bois de placage. Entrées de serrures et sabots en bronze. Dessus de marbre. Époque Louis XV.

86 — Bureau plat, en bois de placage à deux tons, de forme contournée, à quatre pieds cambrés, ouvrant à deux tiroirs. Il est orné de bronzes ciselés et dorés. Époque Louis XV.

87 — Bureau dit bonheur-du-jour, en marqueterie de bois de placage ; il ouvre à tiroirs et tablette pliante, la partie supérieure à deux portes à coulisse. Entrées de serrures et sabots en bronze doré. Époque Louis XV.

88 — Petit dessus de bureau en bois de placage, ouvrant à deux portes. Époque Louis XV.

89 — Petit bureau plat de forme contournée, en bois de placage, ouvrant à tiroirs à la ceinture. Entrées de serrures et sabots en bronze doré. Époque Louis XV.

90 — Petite commode de forme contournée, ouvrant à deux tiroirs, en laque noire, à décor de paysages et oiseaux en dorure. Elle est ornée de bronzes ciselés et dorés et estampillée du maître ébéniste *F. Garnier*. Dessus de marbre. Époque Louis XV.

91 — Meuble d'entre-deux formant bureau à abattant, tiroirs intérieurs et deux portes, en bois de placage. Entrées de serrures et sabots en bronze doré. Estampille de *G. Alligre*. Époque Louis XV.

92 — Table à jeu en bois de placage. Époque Louis XV.

93 — Meuble d'entre-deux, ouvrant à une porte à coulisse en bois de placage et ancienne marqueterie sur les côtés. Il est muni intérieurement de casiers, avec cartons en maroquin. Estampille de *Gosselin*. Dessus de marbre. En partie de l'époque Louis XVI.

94 — Chiffonnier ouvrant à six tiroirs, en marqueterie de bois de couleur avec filets, garniture de bronzes dorés. Dessus de marbre gris. Estampille de *Kintz*. Époque Louis XVI.

95 — Chiffonnier ouvrant à sept tiroirs, en bois de placage ; garniture de bronzes. Dessus de marbre. Époque Louis XVI.

96 — Petite commode ouvrant à deux tiroirs, en bois de placage, avec filets d'encadrement ; garniture de bronzes. Dessus de marbre. Époque Louis XVI.

97 — Bureau ouvrant à cylindre, deux portes vitrées et tiroirs, en acajou ciré ; entrées de serrures et crochets de tirage en bronze. Époque Louis XVI.

98 — Deux petites consoles demi-lunes, en bois sculpté peint ; ceinture ornée d'entrelacs et autres, avec guirlandes et chutes de laurier. Époque Louis XVI.

99 — Chaise à porteurs du temps de Louis XV, en bois finement sculpté et doré ; les panneaux de toile peinte à fond gris bleu avec rinceaux, rocailles et fleurs en dorure ; sur la porte, un écusson aux armes des familles Icard et Maurellet, originaires de la Provence. Ancienne garniture intérieure, en velours de soie gris bleu.

100 — Clavecin du temps de Louis XV, en bois peint au vernis, avec ornementation en relief ; sur le dessus, instruments de musique et accessoires ; sur les côtés : sujet de chasse au cerf, en couleur sur fond rouge. Table-support à cinq pieds en bois sculpté et doré.

101 HARPE, en bois sculpté, en partie dorée et peinte au vernis, à décor chinois. Sur la table : attributs divers, peints en couleurs. Époque Louis XVI.

TAPISSERIES

de Beauvais, d'Aubusson et des Flandres

DES XVIIe ET XVIIIe SIÈCLES

Bandeau en tapisserie au point

102 — TAPISSERIE de la manufacture royale de Beauvais ou Gobelins du temps de la Régence, d'après une composition de *Bérain*. Elle représente, en couleurs sur fond jaune, des portiques fleuris et enguirlandés, sous lesquels se jouent des scènes d'acrobates, de danseurs de corde, d'acteurs de la Comédie italienne, etc., accompagnées d'accessoires divers : dais et lambrequins de draperies, trophées d'attributs, amours, vases de fleurs, animaux, etc. Très bon état de conservation.

Haut., 2 m. 40 ; long., 5 m. 50.

103 TENTURE en ancienne tapisserie fine d'Aubusson du XVIIIe siècle, composée de trois pièces de dimensions variées. Chacune de ces tapisseries offre sur fond blanc des portiques à colonnes enguirlandées de festons fleuris, auxquels sont suspendus par des rubans des trophées d'attributs divers. Dans le bas de chaque panneau, des massifs fleuris, des petits personnages, des animaux et accessoires divers : fond de paysage.

Dimensions des panneaux : Haut., 2 m. 60 ; larg., 3 m. 90.
Haut., 2 m. 65 ; larg., 2 mètres.
Haut., 2 m. 65 ; larg., 2 m. 10.

104 — TAPISSERIE ancienne du commencement du XVIIIe siècle figurant : *le Bain de Diane*. Dans un groupe à gauche, se voient Diane et ses compagnes ; à droite, Actéon, changé en cerf ; fond de paysage. Bordure d'encadrement formée de feuilles s'enroulant autour d'une baguette avec fleur de lis aux quatre angles.

Haut., 3 mètres ; larg., 4 m. 50.

105 — TAPISSERIE de la manufacture d'Aubusson du XVIIIe siècle, représentant : *l'Escarpolette*. A droite, une bergère, assise près de ses moutons, regarde vers la gauche une bergère que deux galants balancent sur une escarpolette. Bordures formant cadre à festons de fleurs, s'enroulant autour d'une baguette.

Haut., 2 m. 50 ; larg., 2 m. 55.

106 — TAPISSERIE de la manufacture d'Aubusson du XVIIIe siècle, représentant : *la Diseuse de bonne aventure*. Dans un paysage, au centre de la composition, on voit une bohémienne, tenant un enfant sur son dos, dire l'avenir à une bergère qui lui tend sa main. A gauche et à droite, berger, bergère et animaux. Bordures formant cadre à festons de fleurs.

Haut., 2 m. 28 ; larg., 3 m. 10.

107 — GRANDE TAPISSERIE de la manufacture d'Aubusson du XVIIIe siècle : *les Plaisirs champêtres*. Sur un fond de paysage accidenté avec verdure, rochers, cours d'eau, etc., sont trois groupes de personnages : à gauche, deux chasseurs ; au centre, un autre chasseur causant à une bergère ; à droite, berger et bergère. Bordures d'encadrement, à festons de fleurs et feuillages.

Haut., 2 m. 30 ; larg., 5 m. 25.

108 — PANNEAU DE TAPISSERIE D'AUBUSSON du XVIIIe siècle, représentant : *la Leçon de flûte*. Une jeune bergère est assise au côté d'un berger qui joue de la flûte ; près d'eux est un chien. Fond de paysage.

Haut., 2 mètres ; larg., 1 m. 25.

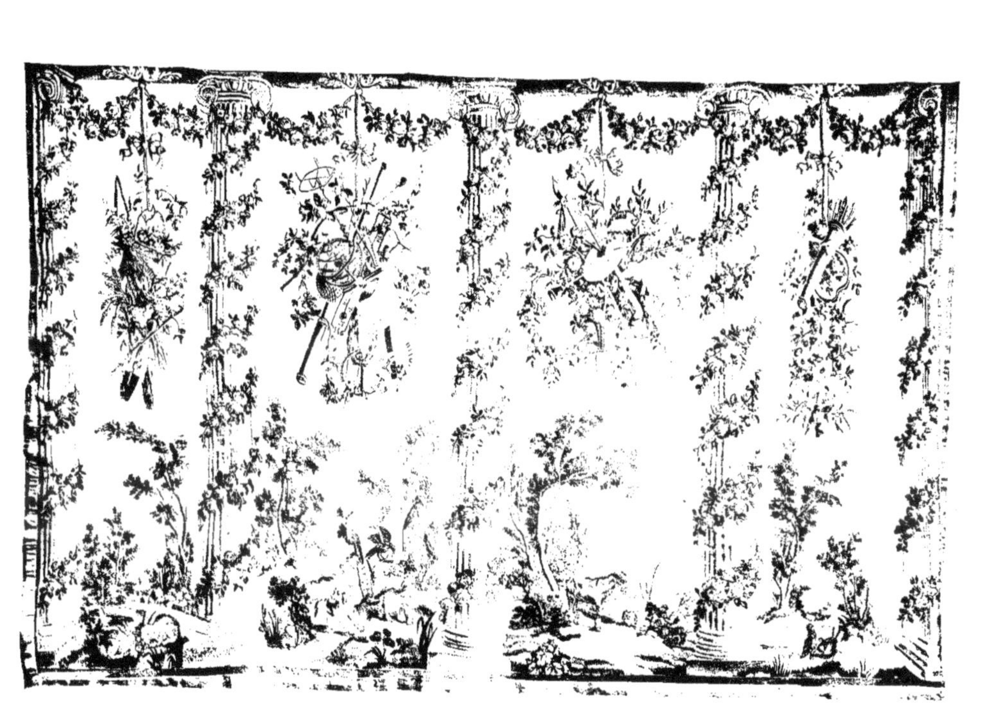

109 Tapisserie d'Aubusson du xviiie siècle ; verdure avec château, oiseaux, arbustes en fleurs, etc. Bordure d'encadrement à fleurs et feuillages. Elle est en deux parties, formant portières.

Haut., 2 m. 40 ; long., 4 m. 50.

110 Tapisserie d'Aubusson du xviiie siècle ; verdure avec oiseaux et château ; bordure d'encadrement à fleurs et feuillages.

Haut., 2 m. 65 ; larg., 4 m. 70.

111 Fragment de tapisserie d'Aubusson du xviiie siècle, représentant un château dans un paysage, avec arbres et massifs de fleurs. Bordurés d'encadrement sur trois côtés : fleurs et feuillages.

Haut., 2 m. 30 ; larg., 1 m. 75.

112 Panneau en ancienne tapisserie flamande. Verdure composée de deux fragments réunis.

Haut., 2 m. 50 ; larg., 2 m. 40.

113 Fragment d'ancienne tapisserie flamande : verdure.

Haut., 2 m. 15 ; larg., 1 mètre.

114 Tapisserie d'Aubusson du xviiie siècle. Verdure avec arbres, arbustes fleuris ; sur une branche se voit un perroquet. Bordure à la partie supérieure.

Haut., 2 m. 35 ; larg., 1 m. 50.

115 Petite tapisserie d'Aubusson du xviiie siècle. Verdure avec village dans le fond ; cours d'eau et volatiles au premier plan. Bordure d'encadrement à rinceaux de feuillages.

Haut., 1 m. 65 ; larg., 2 mètres.

116 Petite tapisserie d'Aubusson du xviiie siècle. Verdure ; large et belle bordure formant encadrement, à arabesques de fleurs et attributs.

Haut., 3 mètres ; larg., 1 m. 05.

117 Grande tapisserie d'Aubusson du xviiie siècle. Verdure avec arbustes fleuris et volatiles au premier plan ; château précédé d'une rivière dans le fond.

Haut., 2 m. 25 ; larg., 5 m. 30.

118 — Portière ou rideau en ancienne tapisserie du xviiie siècle : verdure avec arbuste fleuri, à gauche, château à tourelles. Bordure à la partie supérieure.

Haut., 2 m. 40 ; larg., 85 cent.

119-120 — Deux portières ou rideaux en ancienne tapisserie du xviiie siècle : verdure avec arbustes fleuris et château. Double bordure à la partie inférieure, à fleurs et feuillages.

Haut., 2 m. 55 ; larg., 85 cent.

121 — Portière en ancienne tapisserie d'Aubusson : verdure avec arbustes en fleurs. Bordures haute et basse à rinceaux.

Haut., 2 m. 45 ; larg., 1 m. 30.

122 — Portière ou rideau en ancienne tapisserie du xviiie siècle : verdure avec volatiles : au fond : château. Bordure à la partie supérieure.

Haut., 2 m. 50 ; larg., 88 cent.

123-126 — Quatre portières ou rideaux en ancienne tapisserie du xviiie siècle : verdures avec parc, château, ruines ou animaux divers. Bordure à la partie supérieure.

Haut., 2 m. 45 ; larg., 88 cent.

127 — Portière ou rideau en ancienne tapisserie du xviiie siècle : verdure avec arbre, arbustes fleuris de pivoine, oiseau et cours d'eau. Bordures à la partie supérieure et inférieure.

Haut., 2 m. 35 ; larg., 87 cent.

128 — Portière ou rideau en ancienne tapisserie du xviiie siècle : verdure, arbres et fleurs. Bordures à la partie supérieure et inférieure.

Haut., 2 m. 50 ; larg., 90 cent.

129-130 — Deux portières ou rideaux en tapisserie d'Aubusson du xviiie siècle : verdures avec cours d'eau et arbustes fleuris.

Haut., 2 m. 40 ; larg., 75 cent.

131 — PORTIÈRE ou rideau en ancienne tapisserie d'Aubusson : verdure, arbres en fleurs, cours d'eau et canards. Bordures en haut et en bas, rinceaux.

Haut., 2 m. 30 ; larg., 60 cent.

132 — TAPISSERIE flamande du XVIIe siècle, représentant un sujet de chasse avec personnages et animaux sur fond de paysage. Large bordure d'encadrement à fleurs, fruits et feuillages.

Haut., 3 m. 20 ; long., 6 mètres.

133 — TAPISSERIE du XVIIe siècle, offrant une composition à personnages sur fond de paysage. Bordure d'encadrement à fleurs, fruits et feuillages sur trois côtés seulement.

Haut., 2 m. 40 ; long., 5 m. 70.

134 — TAPISSERIE du XVIIe siècle offrant une composition à personnages : sujet tiré de l'histoire ancienne. Bordure d'encadrement avec cartouches armoriés aux angles et aux milieux, réunis par des festons de fleurs et feuillages.

Haut., 3 mètres ; long., 5 m. 40.

135 — TAPISSERIE flamande du XVIIe siècle. Composition à grandes figures, tirée de l'histoire ancienne. Petite bordure d'encadrement à rinceaux.

Haut., 2 m. 80 ; larg., 3 m. 50.

136 — TAPISSERIE flamande du XVIIe siècle : verdure avec oiseaux, animaux et habitations dans le lointain. Large bordure d'encadrement à fleurs, fruits, feuillages et cartels dans les milieux des côtés.

Haut., 2 m. 75 ; long., 4 m. 15.

137 — BANDEAU en ancienne tapisserie au point, représentant, sur fond de paysage semé de fleurs, des personnages en riches costumes, vue de ville et château. XVIe siècle.

Haut., 35 cent. ; long., 5 mètres

www.ingramcontent.com/pod-product-compliance
Ingram Content Group UK Ltd.
Pitfield, Milton Keynes, MK11 3LW, UK
UKHW020514180726
13839UKWH00005B/2079